I0551096

LA

LANTERNE DU DIABLE

DIVAGATIONS D'UN FANTAISISTE

PAR

BAB

Prix : 30 cent.

F. BRAUD, ÉDITEUR, 9, CHAUSSÉE-D'ANTIN.

1868.

VENTE EN GROS : chez DEFAUX, rue du Croissant, 8.

SOMMAIRE.

MES OPINIONS.

Si j'étais aussi vain que certains auteurs de ma connaissance, je ne manquerais pas de faire précéder mes élucubrations diaboliques de quelques lignes de préface dans lesquelles j'insinuerais adroitement que j'ai beaucoup d'esprit et que mon but est de donner à l'univers attentif de sages conseils pour réprimer les errements de l'époque.

Du reste, cela ne fait pas mal de lancer de temps à autre quelques phrases imaginées sur la décadence actuelle. Enfourcher une rossinante quelconque et se poser en un redresseur des mœurs constitue un excellent moyen de se faire bien venir des vieilles filles et des bons hommes de sacristie.

Prêcher la morale, le bon goût, les bons conseils est du dernier comique, c'est tout simplement un boniment de paillasse débité à tant la ligne; car, la vérité, c'est qu'au fond il n'y a pas un écrivain qui ne s'en soucie autant que de la vertu d'Athalie Manvoy.

Mes prétentions ne vont pas jusque là, et puis je ne saurais jouer un rôle aussi scabreux. Je laisse ce soin à ces journalistes, mes bons amis, qui noircissent beaucoup de papier pour émettre de très-justes observations auxquelles la plupart du temps ils ne croient pas un mot.

MA BLANCHISSEUSE.

Si j'ai suivi la mode assez ridicule du jour de propager à un nombre incalculable d'exemplaires trente-deux feuilles de papier, maculées de mon insigne prose, ce n'est que pour céder aux sollicitations de ma blanchisseuse, une jolie petite blonde — retour de Nanterre — qui ne veut me permettre de cueillir les fleurs de la vertu couronnée... chaque année par M. le curé, que lorsque je serai devenu l'émule de Rochefort.

Au premier abord cela peut paraître impossible, mais l'amour est susceptible des plus grands dévoûments. Ce malin de Cupidon, qui rend insensé les plus grands génies, peut par la même raison décrétiniser les plus idiots. C'est ce qui m'a encouragé à rédiger aussi ma *Lanterne*.

Coquine de *Lanterne!* coquin d'amour! coquine de blanchisseuse! vous m'avez tourné la tête. Du reste, nos conventions sont bien arrêtées. Dans le feu de ma brûlante déclaration, je lui ai déclaré une affection éternelle — ça coûte si peu de chose ces promesses là!

— à la condition que de son côté elle ne casserait plus mes boutons de chemises — ce qui est très-gênant lorsque l'on va dans le monde.

Je lui ai assuré également que j'étais excessivement jaloux, mais comme je suis bon prince et que je sais qu'une femme, si vertueuse qu'elle soit, ne peut pas être tenue trop strictement, je lui ai permis de cascader une fois par semaine, mais sans que je le sache.

Il n'y a là rien qui doive vous étonner..... n'ai-je pas des cornes?... que diable!

Une condition expresse, par exemple, que j'oubliais de mentionner, c'est que je tolérerai tous ses défauts, mais lui interdisant absolument de se présenter au Jockey-Club pour postuler une place de bouquetière. Car aujourd'hui c'est une manie : dès qu'une femme a pour deux centimes de la beauté du diable, et trois centimes d'effronterie, ce qui fait cinq centimes de valeur, plus le désir d'augmenter sa fortune en vendant... mettons

des fleurs si vous voulez, elle se met bouquetière.

L'Histoire de France était déjà assez com-
pliquée sans que nos petits enfants aient
encore à apprendre la dynastie des Isabelle
du Jockey-Club.

Ces souveraines du vestibule sont assez at-
trayantes, je l'avoue ; elles vous présentent
une fleur avec un laisser-aller qui impose,
elles vous glissent un billet doux avec une
habileté digne des soubrettes de Louis XV,
elles se font les messagères d'intrigues avec
une réserve calculée..... mais ce sont leurs
marchandises qui me désolent. Comme ces
pauvres fleurs sont mal représentées entre les
mains de ces donzelles.

Le poëte qui chante des fleurs la simplicité,
la modestie, l'innocence..... ah ! je le répète,
qu'elles sont mal représentées.

— Au dernier moment, je romps avec ma

blanchisseuse ; — je viens de découvrir une correspondance volumineuse, avec vingt-quatre tambours majors de la garde,

LE NÉGOCE DES DIABLESSES !

Je ne suis décidément qu'un pauvre diable qui en sera pour ses frais de voyage. Depuis mon arrivée parmi les mortels, je n'ai pas encore eu l'occasion d'acheter une âme : elles sont toutes vendues ! Ah ! mes bons amis, quel dévergondage et quelle désillusion pour moi.

Le métier de diable ne vaut décidément plus rien, par cette raison que nous cherchons tous à jouer un peu le rôle du diable.

Et les diablesses ? oh ! ne m'en parlez pas, avec leur air de sainte-N'y-Touche, on ne sait plus reconnaître les courtisanes des honnêtes femmes ; de même qu'avec leurs apparences effrontées, on est fort embarrassé de distinguer les femmes du monde des femmes de rien.

Quoique je reçoive régulièrement l'*Etendard* et la *Revue des Deux-Mondes*, j'avoue que je commençais à m'ennuyer dans les enfers. Nons y vivions trop tranquilles. Quelques victimes à harceler de temps à autre ne suffisaient plus à mon activité, et puis mes plus charmantes syrènes, enthousiasmées des récits de Paul de Kock, s'échappent de mon empire pour aller cascader au Casino et sur le boulevart des Italiens.

Un plaisant me dit que mes jolis démons se louaient à tant l'heure, et qu'ils étaient assez demandés parmi les gandins et les fils de famille.

Moi je me demande vraiment ce qu'on peut bien en faire; mais mon ami auquel je fis cette question se mit à me rire au nez. Il paraît que je ne suis pas bien au courant de la vie parisienne.

Comme je désire me renseigner à ce sujet,

je veux aller les rejoindre à la Maison-Dorée ;
on m'a dit que c'était l'endroit où se traitaient
généralement toutes les affaires des jolies
femmes de Paris : mes syrènes ne peuvent
manquer d'y être. Comme je m'en vais les
morigéner ; j'ai, du reste, toujours fait une
remarque, c'est que ceux qui ne valaient pas
grand'chose étaient toujours les plus enclins
à faire de la morale.

Je ne me fais pas un bien grand compli-
ment en disant cela ; mais je suis si franc que
je ne regarde jamais de quel côté la vérité
éclabousse.

A TRAVERS MON TÉLESCOPE.

Avant mon départ, j'étais assez inquiet sur
l'impression que je ressentirais.
Depuis ma disgrâce, la civilisation avait

tant marché que j'étais persuadé de trouver sur la terre des diplomates consciencieux, des riches compatissants, des femmes honnêtes et fidèles, des écrivains sérieux, des journalistes impartiaux, des artistes de talent, des hommes fiers et loyaux, des commerçants scrupuleux ! Ah ! que nenni !

Partout où je porte mes regards, je n'aperçois que des courtisanes rusées, des coquins que l'on encense, des fourbes que l'on adule, des lâches que l'on craint, des escrocs que l'on vénère ; je ne rencontre que l'usurier cotoyant l'infamie, la fausseté et l'hypocrisie donnant la main à la débauche et à la dépravation ! Hé ! hé ! hé ! mais je ne suis pas déjà en si nouvelle compagnie.

MON SAC DE NUIT.

Je suis à la désolation : en venant à Paris, j'avais emporté avec moi un sac de nuit rempli de choses spirituelles, de bons mots, de calembours nouveaux, de révélations sur celui-ci et sur celle-là, j'avais même l'extrait de naissance de Cora Pearl, mais ces satanés employés du chemin de fer sont si maladroits qu'ils m'ont égaré ma valise.

Aussi mes recherches depuis lors sont restées infructueuses. Le lendemain, en retournant à la gare savoir si elle était retrouvée, l'employé me demande :

— Comment est-il désigné votre colis?

— Par ce simple mot, lui répondis-je : *esprit.*

— Hum! hum! connaissons pas... Dites donc, brigadier, c'est le marchand de spiritueux d'hier qui réclame son colis; nous n'avons encore rien trouvé.

Bien obligé de l'interprétation.

Comprenez-vous mon embarras d'avoir recueilli tous les matériaux pour confectionner un chef-d'œuvre et les avoir perdus. — Si une âme charitable retrouve ma valise, qu'elle me la rapporte contre une récompense honnête. Je lui donnerai le choix entre deux entrées aux Funambules ou une mèche de cheveux de Céline Montaland.

EMBARRAS DU CHOIX.

Quelles questions vais-je traiter maintenant?

Si je mécanisais un peu le gouvernement, mais pour cela il faudrait que je lui verse préalablement la somme de 30,000 francs, et je n'ai sur moi que 30 centimes pour prendre l'omnibus avec correspondance, direction de Chaillot.

Un éreintement est cependant chose nécessaire. Quel honnête homme pourrais-je donc bien accuser de quelques vilenies. Quel écrivain de talent et de cœur tournerais-je bien en ridicule. Ah ! diantre ! quand on n'a pas l'habitude de ces choses-là, c'est beaucoup plus difficile que l'on ne croit.

Il est vrai que l'on pourrait me faire observer qu'il existe bien assez de drôles sans recourir aux braves ; — mais alors il n'y aurait plus rien d'attrayant : il n'y a que le mensonge qui puisse plaire.

LOUIS VEUILLOT ET LATOUR St-YBARS.

Si je m'amusais un peu à proposer à Louis Veuillot de faire une partie d'écarté, il me refuserait assurément, le sacripan, sous prétexte que le diable ne peut entrer en relation avec un journal clérical ; et le drapeau de Louis Veuillot est l'*Univers*, feuille importante sous le rapport hygiénique, car mon médecin m'en ordonne la lecture chaque fois que je je ne puis dormir.

Mais je dois avouer néanmoins que si l'*Univers* m'endort ainsi, la prose de Louis m'amuse, car il faut reconnaître que Veuillot est un écrivain spirituel, — quoique parfois trop vulgaire — très-capable de riposter à tous les diables de la terre.

Pourquoi ne parlerais-je pas aussi de M. Latour Saint-Ybars, d'*Alexandre le Grand* et d'Édouard Thierry, de la Comédie-Française, des grands noms pour un sujet aussi mince.

En lisant ces polémiques, il m'a pris une folle envie de rassembler mes voisins et mes voisines, et de faire une ronde en chantant sur l'air connu :

La Tour prends garde,
St-Ybars prends garde,
De te laisser abattre, etc.

ÉMANCIPATION DES FEMMES (PORTIÈRE ET CUISINIÈRE).

Et la question de l'émancipation féminine que j'allais oublier. J'aurais été répréhensible des plus grands reproches.

Depuis les conférences de la salle du Waux-Hall, ma portière et la cuisinière du premier me tourmentent pour que je leur procure le moyen de faire des discours sur les inconvénients du cordon et sur les vexations de la servitude.

Ma portière prétend que toutes les femmes doivent être égales devant... les hommes, et qu'il est déshonorant de se trouver à la merci de péronnelles qui valent moins qu'elle, et qui lui crient ironiquement à toute heure de la nuit : « Cordon !..... et pas toujours s'il vous plait. »

Sous le rapport de la considération, j'avoue que ma concierge vaut mieux que ces commerçantes non patentées, mais j'ai cherché à la déconseiller sur son idée de faire une conférence.

Quant à la cuisinière, une bonne grosse fille de l'Auvergne, qui écrit le français comme Adrien Marx, elle veut se révolter de l'exigence des maîtres qui trouvent mauvais que leur domestique fasse danser l'anse du panier et reçoive tous les soirs un de ses cousins.

Il est évident que ces maîtres là sont des tyrans ; à leur place, je remettrais à ma cuisinière les clefs de mon appartement, et je l'instituerais directrice de toutes mes affaires : et encore la cuisinière trouverait-elle à redire.

Il est de fait qu'en se mettant au point de vue de chacun tout le monde a raison.

MON AVIS SUR CETTE QUESTION.

Il est certain que mon avis sur cette question ne jettera aucune perturbation sur la destinée humaine; néanmoins, j'éprouve le besoin de dire ceci :

C'est qu'à mon sens la nature a décidé elle-même les fonctions que l'homme et la femme doivent occuper dans la société, et qu'il n'est nullement utile de s'amuser à discuter sur une chose aussi simple.

Je comprends, lorsque l'on a rien à faire, de passer son temps à discourir sur des causes aussi vides, mieux vaut cela que de médire de son prochain; mais, pour Dieu! le moment est mal choisi, et nous avons bien d'autres choses à nous occuper, plus utiles et qui traînent en longueur depuis assez de temps.

Mais je me résume.

Le Code Napoléon, à mon point de vue, est tout à fait illogique quand il prétend que la femme doit obéissance à son mari.

Cette phrase frise une sorte de servitude tout à fait en désaccord avec les sentiments que nous désirons trouver dans la femme.

Celle-ci est une compagne et non une servante.

Il me paraît donc fort équitable que l'homme et la femme jouissent de prérogatives différentes, mais dans la même mesure. Que ce soit deux moitiés qui forment un entier, et qu'il n'y ait pas d'un côté ni de l'autre une autorité absolue. Il ne doit exister qu'une entente parfaite rendue durable par des concessions réciproques.

L'un et l'autre ont bien assez à s'occuper dans leur partie sans chercher encore à empiéter sur celle du sexe opposé.

Nos hommes d'aujourd'hui sont si fadasses, si faibles, si girouettes, si efféminés qu'il est nullement étonnant que les femmes cherchent à stimuler leur amour-propre et leur ardeur en les menaçant de prendre leur place.

C'est encore là un tact féminin.

UN ROI FORT SCRUPULEUX SUR LA VÉRITÉ.

Ce sujet me remet en mémoire les idées qu'avait là-dessus Guillaume qui régnait en Prusse en 1740.

Ce monarque avait sur l'émancipation de la femme des principes arrêtés et fort sévères.

Ainsi, par exemple, ce roi tyrannique, soit dit en passant, se promenait fréquemment dans les rues de Berlin : lorsqu'il rencontrait une femme seule — et cela arrivait très-souvent — il l'arrêtait et exigeait qu'elle lui dise pour quels motifs elle était sortie de sa maison ; et, si ce n'était pas pour une affaire essentiellement appropriée au ménage, il la frappait de sa canne et la faisait poursuivre jusqu'à son logis, prétextant qu'une femme ne doit sortir que quand la nécessité le lui oblige et seulement pour les soins de son intérieur.

Aujourd'hui, si ce bon roi Guillaume revenait parmi nous, il aurait fort à faire s'il voulait continuer sa manie de lever la canne sur les femmes qui sortent seules.

D'abord, empressons-nous de le dire, on ne le lui permettrait pas; ensuite il se fatiguerait le bras avant d'avoir passé en revue toutes les dames qui courent la pretantaine sous le prétexte d'aller chercher le pot-au-feu.

Réflexions diaboliques.

UN BIJOUTIER.

Il y a des annonces qui sont vraiment fort drôles, parmi elles je signale un bijoutier qui annonce avec une naïveté charmante que les diamants, bijoux, argenterie, il les *achète très-cher.*

Certainement que lorsque l'on se trouve décavé, comme Léonide Leblanc le mois passé, il est très-agréable de trouver un joaillier qui vous donne un bon prix de vos bijoux; mais cette expression : « *j'achète très-cher,* » me suggère deux réflexions.

D'abord, si cher que ce bijoutier achète, il ne pense pas assurément que le public se figure qu'il va lui payer un objet quelconque au-dessus de sa valeur : — il n'est pas assez philantrophe pour cela.

D'un autre côté, les bijoutiers ont-ils tellement l'habitude d'exploiter le public que lorsque l'un d'eux veut agir loyalement, il soit obligé de le publier à la quatrième de tous les journaux.

Mon avis est que cet industriel n'achète pas cinq centimes plus cher que ses confrères; mais c'est pour attirer l'œil du public.

UNE SEMONCE à la COMPAGNIE DES OMNIBUS.

L'administration des omnibus fait, à ce qu'il paraît, la récalcitrante. Au lieu de venir

en aide au public, en prenant toutes les pièces
de monnaie, qu'il lui serait si facile de chan-
ger en masse, elle fait afficher des renseigne-
ments sur les pièces que les conducteurs sont
seulement autorisés à accepter.

C'est le monde renversé : la compagnie fait
connaître sa décision au public, quand au
contraire c'est le public qui devrait dicter ses
lois à la compagnie ; car, en fin de compte,
n'est-ce pas nous tous, avec nos trente centimes répétés plusieurs millions de fois, qui
entretenons la compagnie et nourrissons ses
directeurs, qui oublient trop souvent ce qu'ils
nous doivent.

Sachez-le bien, Messieurs les directeurs,
votre position, vous nous la devez, et vous êtes
tous, jusqu'au simple balayeur de vos écuries,
nos très-humbles employés, car c'est nous qui
payons.

En Angleterre pareille chose arriverait que,
d'un commun accord et comme si tout le
monde s'était donné le mot, les omnibus ne
trouveraient plus un seul voyageur, — cha-

cun aimerait mieux aller à pied que d'accepter les vexations d'une compagnie qui doit être à la merci du public.

Aussi les compagnies anglaises ne se permettent-elles jamais de pareils abus.

LE BAROMÈTRE ET VARIATIONS D'OPINIONS.

Je suis assez partisan de l'idée d'un journal qui donne en prime à ses abonnés un baromètre indiquant toutes les variations.

A mon avis, il serait bon que tous les journaux agissent de même et donnent à leurs lecteurs un baromètre pour les renseigner sur les variations si fréquentes de leurs opinions. Au moins l'on serait fixé absolument comme ceux construits pour indiquer le temps.

Il est vrai que ces derniers très-souvent indiquent beau-fixe quand il pleut à verse, ce qui prouve une fois de plus que l'on ne peut pas plus compter sur l'atmosphère que sur les hommes.

— Amen!...

LIBRAIRIE DE LA CHAUSSÉE – D'ANTIN.

F. BRAUD

9, RUE DE LA CHAUSSÉE-D'ANTIN

LIBRAIRIE RELIGIEUSE, HISTORIQUE, GÉOGRAPHIQUE, ARTISTIQUE, BIOGRAPHIQUE, SCIENTIFIQUE ET LITTÉRAIRE.

M

Je prends la liberté de vous soumettre une combinaison qui a pour but de faciliter l'acquisition des nombreux Ouvrages formant la base d'une Bibliothèque sérieuse.

Cette combinaison consiste dans la FOURNITURE IMMÉDIATE de tous les Ouvrages publiés par MM. Firmin Didot, Garnier, Michel Lévy, Didier, Furne, Charpentier, Décembre-Alonnier, Armand Lechevallier (1), etc., etc., aux conditions suivantes :

1º Quel que soit le montant de la souscription, L'ACQUÉREUR N'EST TENU QU'A UN PAYEMENT MENSUEL, équivalant à 12 p. 0/0 de la somme représentée par sa facture.

Ainsi, pour 100 francs :   8 francs par mois.

— 200 — 16 — —

Avantage immense, qui permet à chacun la possession immédiate des ouvrages désirés sans le déboursé considérable qu'occasionne toujours l'acquisition de nombreux volumes.

2º LE PRIX DES OUVRAGES N'EST PAS AUGMENTÉ ;

3º LES OUVRAGES SONT RELIÉS OU BROCHÉS, au choix de l'acquéreur et expédiés *franco* par toute la France.

------

(1) Les excellentes publications démocratiques de la maison Armand Lechevalier, éditeur de PARIS et de LA PROVINCE EN DÉCEMBRE 1851, Études historiques sur le Coup d'État, donnent un intérêt des plus grands au catalogue de ma maison.

Dans le cas, M. . . . . . , où ces avantages vous agréeraient, je tiens à votre disposition les Catalogues et Spécimens que vous voudriez bien me demander par lettre affranchie.

Recevez, M. . . . . , mes salutations empressées,

Félix BRAUD.

Histoire et Géographie.

	fr.	c.
Anquetil. — Histoire de France. 8 vol. grand in-8, grav.	50	»
Cantu. — Histoire universelle. 19 vol. in-8.	120	»
— Histoire des Italiens. 12 vol. in-8.	72	»
Champollion. — Monuments de l'Égypte et de la Nubie. 4 vol. grand in-folio, 400 planches coloriées.	600	»
Charton. — Tour du Monde ; Journal des Voyages, très-richement illustré par nos célèbres artistes. 16 vol. in-4.	208	»
Reliure cartonnage plat en toile, par volume.	2	»
De Barante. — Histoire des ducs de Bourgogne. 12 vol. in-8, gravures et cartes.	60	»
Debret. — Voyage pittoresque au Brésil. 3 vol. in-folio.	180	»
— — planches coloriées.	360	»
De Laborde. — Voyage en Orient, Asie Mineure et Syrie. 2 vol. in-folio.	468	»
Dumont d'Urville.—Voyages. 20 vol. texte, 5 vol. atlas in-fol.	500	»
Histoire populaire et contemporaine de la France, avec les légendes historiques, par M. Duruy. 8 vol. illustrés.	60	»
Histoire générale de la Marine, comprenant les naufrages célèbres, les voyages autour du monde, les découvertes, l'histoire des guerres et batailles navales, etc. 4 vol. gr. in-8, avec 40 gravures.	40	»
Histoire des plantes. 1 vol, grand in-8 raisin, illustré et relié.	10	»
J. Janin. — Normandie et Bretagne historiques. 2 vol. grand in 8, gravures.	40	»
Lavallée. — Histoire des Français. 6 vol. in-8.	48	»
Macaulay. — Histoire d'Angleterre. 7 vol. in-8.	55	»
Magasin pittoresque. 35 vol. in-4.	210	»
Malte-Brun.—Géographie. 8 vol. gr. in-8, grav. et cartes.	60	»
Michaud et Poujoulat. — Mémoires relatifs à l'Histoire de France, 34 vol. in-8, avec portraits.	300	»
Pitre-Chevalier.—Bretagne ancienne et moderne, 2 vol., grav.	30	»

Rollin. — Histoire ancienne et romaine, avec cartes et gravures, 7 vol. in-8. 70 »

Texier.—Description de l'Asie Mineure, 3 vol grand in-folio. 1000 »

— L'Arménie, la Perse, la Mésopotamie, avec planches, 2 vol. in-fol. 620 »

Thiers. — Le Consulat et l'Empire, suivi des Mémoires du duc de Raguse, complétant la période de l'histoire de 1815 à 1842. 29 vol. in-8 illustrés. 164 »

— Atlas du Consulat et Empire. 30 »

Vaulabelle. — Histoire des deux Restaurations. 8 vol. in-8. 40 »

Victoires et Conquêtes des Français. 12 vol. in-8. 72 »

Univers pittoresque. — Histoire de tous les peuples. 67 vol., pouvant être pris séparément à 6 fr. le vol. La collection, entière (Europe, 40 vol., dont 14 pour la France ; Afrique, 7 vol.; Asie, 12 vol.; Amérique, 5 vol.; Océanie, 3 vol.) 411 »

Atlas.

Garnier. — Atlas sphéroïdal et universel de géographie, le seul représentant le globe vu des pôles. 1 vol. relié, format colombier, comprenant 60 cartes, montées sur onglet. Prix. 130 »

Lesage. — Atlas historique. 1 vol. in-folio, relié. 75 »

Houzé. — Atlas historique et géographique, 101 cartes et 101 gravures. 1 vol, relié. 80 »

Barberet et Périgot. — Atlas général de géographie ancienne et moderne, 55 cartes, relié. 45 »

Vuillemain. — Atlas universel. Petit in-folio, relié. 50 »

— Atlas de France et des colonies par départements. 50 »

— Atlas de Dufour. 140 »

— — petite édition. 50 »

Dictionnaires et Encyclopédies.

Académie Française.— Dictionnaire de l'Académie française, avec complément. 3 vol. 63 »

Bescherelle aîné. —Œuvres complètes : Dictionnaire de géographie universelle. 4 vol. 60 »

— Dictionnaire national. 2 gros vol. 50 »

— Grammaire. 1 vol. 10 »

Chesnel. — Dictionnaire des armées de terre et de mer. 2 vol , avec gravures, cartonnés 35 »

Dezobry. — Dictionnaire des lettres et des arts. 2 vol. 25 »

— Dictionnaire d'histoire et géographie, 2 gros vol. 25 »

— Dictionnaire de l'art épistolaire. 1 vol. 15 fr., — et relié, 18 »

chais, 1 vol. Théâtre Français, moyen âge, 1 vol. Shaks-
peare, 5 vol. Plutarque, 2 vol. Démosthène, 1 fort vol.
12 fr. Montaigne, 1 vol. Montesquieu, 1 vol. Moralistes
français, 1 vol. Locke et Leibnitz, 1 vol. Volney, 1 vol.
P.-L. Courier, 1 vol. Motifs et Conférences du Code civil.
5 vol., prix de chaque volume, 10 fr. collection de 45 vol. 456 »

Bibliothèque latine, comprenant tous les auteurs latins, avec
traduction française par Nisard, 27 vol. grand in-8. 524 »

Bibliothèque grecque, 57 vol. grand in-8 jésus, avec traduction latine, chaque vol. séparément 15 fr., et la collection
entière. 855 »

Bibliothèque amusante, magnifique édition avec gravures sur
acier, comprenant les œuvres des principaux écrivains,
12 vol. in-8. 90 »
— Magnifiquement reliés. 120 »

Buffon. — Œuvres complètes, 12 vol. 800 sujets coloriés. 120 »
Causes célèbres illustrées, 7 vol. 42 »
Chants et chansons populaires de la France, avec illustra-
tion et musique. Magnifique ouvrage, 4 vol. 48 »
V. Cousin. — OEuvres complètes, 15 vol. 181 »
Chateaubriand — OEuvres illustrées. 100 »
Th. Gautier. — Capitaine Fracasse, illustré par G. Doré, 1 vol. 24 »
Gœthe. — OEuvres complètes, 10 vol. in-8. 60 »
Journal pour tous. 19 vol. 152 »
Magasin de librairie, par Charpentier, 12 vol. in-8. 60 »
Mille et une nuits. 2 vol. avec gravures. 16 »
Molière. — OEuvres complètes, Introduction par J. Janin,
Gravures coloriées, dessinées par Geffroy de la Comédie-
Française et M. Sand. 1 vol. grand in-8. 18 »
— OEuvres complètes illustrées de nombreuses vi-
gnettes. Édition Lahure. 2 vol. gr. in-8. 20 »
De Lamartine. — Seule édition entièrement complète pu-
bliée par l'auteur en 40 magnifiques vol. in-8. 320 »
(Il ne reste qu'un très-petit nombre d'exemplaires de
cette édition qui ne sera jamais réimprimée)
Rousseau. — OEuvres complètes. 4 vol. avec gravures. 40 »
Schiller. — OEuvres complètes. 8 vol. in-8. 50 »
Semaine des enfants. 16 vol. in-4, nombreuses gravures. 128 »
A. Thierry. 5 vol. in-8 cavalier, papier vélin glacé. 50 »
Villemain. — OEuvres complètes. 14 vol. in-8. 87 »
Voltaire — OEuvres complètes. 13 vol. grand in-8 avec gra-
vures. 125 »
Walter Scott. — OEuvres complètes. 28 vol., 120 gravures. 40 »
Aventures des Voyageurs, par Hombron. 2 vol. grand in-8
illustrés. 20 »

D'orbigny. — Grand Dictionnaire d'histoire naturelle. 25 vol. texte, et 3 vol. de planches coloriées. .... 400 »

Duckett. — Dictionnaire de la conversation. 16 vol. in-8°. 200 »

Dupiney de Vorepierre. — Dictionnaire français illustré 4 vol. in-4, avec 20,000 gravures. Prix broché, 80 fr., et relié en 2 vol. .... 95 »

Fleming.—Dictionnaire français-anglais et anglais-français.
         —   2 gros vol. .... 60 »

Gindre de Mancy. — Dictionnaire des communes de France. 12 »

Joanne. — Dictionnaire des communes de France. 1 gros vol. cartonné .... 25 »

Napoléon Landais — Dictionnaire Français. 2 vol. ... 55 »

Laboulaye. — Dictionnaire des Arts et Manufactures. 2 vol. in-4, avec nombreuses gravures. Broché 60 fr., relié 70 »

Poitevin.—Dictionnaire de la langue française. 1 vol. grand in-8, relié. .... 15 »

Paris-Guide. — 2 vol. illustrés .... 20 »

Saint-Fargeau. — Dictionnaire géographique de la France, 100 gravures et armoiries, 3 vol. in-4. .... 60 »

Vapereau. — Dictionnaire des contemporains. 1 vol. broché 25 fr., relié .... 30 »

Chenu. — Encyclopédie d'histoire naturelle. 22 vol. 8000 gravures .... 150 »

Chenu. — Les trois règnes de la Nature, lecture d'histoire naturelle. .... 15 »

F. Didot — Biographie générale. 46 vol. in-8. .... 184 »

Encyclopédie des gens du monde ou Répertoire des sciences, des lettres, etc. 44 vol. grand in-8 .... 508 »

Fétis. — Biographie des musiciens. 8 vol. in-8. ... 64 »

Michaud. — Biographie universelle. 45 vol. grand in-8. 562 »

Reynier. — Encyclopédie moderne. 30 vol. avec atlas. 100 »

        —   Complément. 12 vol. avec deux atlas 60 »

Littérature.

Alfred de Musset — OEuvres complètes, 9 vol. 31 50

        —   Grande édition illustrée, 10 vol. in-8. 75 »

Béranger. — OEuvres complètes, 9 vol. in-8, magnifiquement illustrés, avec le grand portrait de l'auteur. 96 »

Balzac. — OEuvres complètes, 22 vol. reliés. ...... 100 »

Bibliothèque Française, comprenant 45 vol. grand in-8 : La Fontaine, 1 vol. Molière, 1 vol. Racine, 1 vol. Corneille, 2 vol. Boileau, 1 vol. Petits poètes français, 1 vol. Delille, 1 fort vol. 12 fr. Fénelon, 3 vol. Massillon, 2 vol. Bourdaloue, 3 vol. Bossuet, 4 vol. La Harpe, 3 vol. Le Sage, 4 vol. Anacharsis, 1 vol. de Staël, 2 vol. Beaumar-

Littérature. Grands ouvrages illustrés.

Album des dames, types et portraits de femmes, avec romances et musiques. 1 vol in-folio.   40 »

Atala. — par Chateaubriand, grandes illustrations de G. Doré, 1 vol in folio.   60 »

Dante. — L'Enfer, illustré par Doré, 1 vol. in-folio, 76 planches.   100 »

Don Quichotte. — Grandes illustrations de G. Doré, 362 planches, 2 vol. grand in-folio.   160 »

Dieux de la peinture. 1 magnifique vol. sur papier vélin, avec gravures sur acier.   30 »

Illustration. — Série des neuf derniers vol. parus.   100 »

Panthéon des illustrations françaises au xixᵉ siècle, comprenant le portrait, la biographie et l'autographe de chacun des hommes les plus illustres de notre siècle. — Pour satisfaire le goût des acheteurs, nous avons divisé cette œuvre par catégories formant chacune un ou plusieurs volumes composés comme suit : 1° Guerre et Marine. 2° Beaux-Arts. 3° Barreau. 4° Sénat. 5° Presse. 6° Académie des sciences morales et politiques. 7° Académie des inscriptions et belles-lettres. 8° Lettres et sciences. 9° Académie française. 10° Académie des beaux-arts. 11° Académie des sciences. 12° Médecins. Clergé.

Chacun de ces volumes in-folio contient 40 livraisons magnifiquement reliées, du prix de 90 fr.

L'ouvrage paraît également par livraisons à 2 fr.

Les soins apportés à cette publication et le mérite des portraits photolithographiques en feront l'œuvre la plus remarquable de notre époque.

Le Parthénon de l'histoire — Huit volumes format royal in-4, contenant chacun 400 pages et 1200 splendides gravures d'après la composition de nos premiers artistes, comprenant : 1° La Révolution française, 2 vol. 2° les Reines du monde, 1 vol. 3° la Russie, 2 vol. 4₀ les galeries publiques de l'Europe, 3 vol.

Prix de chaque volume : 50 fr. Les ouvrages se vendent séparément

Collection maçonnique, par J.-M. Ragon. Les quatorze rituels, le Tuileur général et l'Histoire des grandes loges.   50 »

Musique — Collection complète du professeur Moschels, œuvres spéciales pour piano à deux mains, richement cartonnée avec plaques dorées. Beethoven, 4 vol. Weber, 2 v. Mozart, 2 vol. Haydn, 2 vol. Clémenti, 1 vol., la collection complète.   105 »

Armand **LE CHEVALIER**

Éditeur, 61, rue Richelieu.

ÉTUDES HISTORIQUES sur LE COUP D'ÉTAT

PAR

Eugène TENOT.

PARIS EN DÉCEMBRE 1851

Un vol. in-8°ᵃ . . . . . . 6 fr.

5ᵉ ÉDITIONᵃ

LA
PROVINCE EN DÉCEMBRE 1851

Un vol. in-8°. . . . . . . 6 fr

3ᵉ ÉDITION.

Armand LE CHEVALIER, éditeur, rue Richelieu, 61.

— oo🙢oo —

LA CLOCHE

PAR

FERRAGUS

Journal politique hebomadaire

Le Numéro 40 c. — Abonnement de 3 mois, 5 francs.

PHYSIONOMIES PARISIENNES

Volume in - 32, en Impression Elzévirienne, illustrée par Bertall, Cham, Benassis, Cadol, etc.

- *Cocottes et petits Crevés*, par Siebecker.
- *Le Journal et le Journaliste*, par Edm. Texier.
- *Restaurateurs et Restaurés*, par Chavette.
- *Commis et Demoiselles de magasin*, par Mlle X.
- *Artistes et Rapins*, par L. Leroy.
- *Industriels du macadam*, par Frébault.
- *La Parisienne*, par Paul Perret.
- *Le Bohême*, par G. Guillemot.
- *Acteurs et Actrices*, par Monselet.
- *Floueurs et Floués*, par A. Paul.

Bibliographie.

En vente au Bureau, 53, rue Sainte-Anne, à Paris :

LA RAGE, Moyens de la prévenir; une brochure par MU-RAOUR. — Prix, 1 fr.

BIOGRAPHIE DU PROFESSEUR PIORRY, par V. OVEN. — Prix. 50 c.

BIOGRAPHIE DE BERRYER, avocat, membre du Corps lé-gislatif, par V. OVEN. — Prix, 50 c.

LE COLLIER ANTI-CONVULSIF ET DENTITION, brochure par DE BUDE. — Prix, 1 fr. 50 c.

LA COMÉDIE FRANÇAISE, racontée par un témoin de ses fautes. -- Prix, 1 fr.

INVENTIONS, Découvertes diverses et Perfectionnements mécaniques, par P.-F. MOUTARDIER. — Prix, 5 fr.

GARIBALDI, par Alexis la MESSINE, 1 volume. — Prix, 2 fr.

UN RÊVE DE FEMME, suivi de la MARGUERITE, 2 vol. — Prix, 4 fr.

LE STYLE EPISTOLAIRE : partie du maître, 1 vol. Prix, 2 fr. 50 c. — Partie de l'élève, 2 vol. Prix, 1 fr. 50 c.

MANUEL D'OBSTÉTRIQUE, par le docteur CROSERIO, 1 vol. — Prix, 2 fr.

LA MÉDECINE POUR TOUS, journal hebdomadaire, par an, pour toute la France, 5 fr

JOURNAL D'ARGENTEUIL, journal hebdomadaire, par an et pour toute la France, 12 fr.

LE SUFFRAGE UNIVERSEL, Journal des Travailleurs. — Jour-nal politique, littéraire, scientifique (hebdomadaire), par an, pour toute la France, 10 fr.

PARIS-PROGRAMME, 1 an 15 fr.; 6 mois 8 fr.; 3 mois 4 fr.; Etranger, port en sus.

LES INVALIDES DU TRAVAIL, par L. BERDALLE DE LA POM-MERAYE. — Prix, 35 c.

NAVIGATION AÉRIENNE et VOYAGE EN BALLON, par Camille Flammarion. — Prix 30 c.

L'ÈVÈNEMENT

JOURNAL QUOTIDIEN

publie en ce moment le PARRICIDE, par A. Belot et J. Dauten; LA FAMILLE CAYOL, par Emile Zola; LES AMOURS D'UN PAGE.

ABONNEMENTS :

Paris — Trois mois, 9 fr. — Six mois, 18 fr. — Un an, 36 fr.
Province—Trois mois, 10 fr.—Six mois, 20 fr.— Un an, 40 fr.

Bureaux : 13, faubourg Montmartre

LA PETITE PRESSE

obtient en ce moment un grand succès avec le nouveau roman de Paul de Kock, LE CONCIERGE DE LA RUE DU BAC. — Causerie quotidienne, par Tony Révillon.

Bureaux : 16, rue du Croissant.

Argenteuil. — Imprimerie F. WORMS.

www.ingramcontent.com/pod-product-compliance
Lightning Source LLC
Chambersburg PA
CBHW07225921062 6
46818CB00017B/1858